SPOREN in de SNEEUW

. JAAK DREESEN .

SPOREN in de SNEEUW

met
tekeningen
van
. KRISTIEN AERTSSEN .

• ALTIORA • AVERBODE / APELDOORN •

Jaak Dreesen
SPOREN IN DE SNEEUW
met tekeningen van Kristien Aertssen
vormgeving: Guido Goris
© Altiora Averbode/Apeldoorn 1990
D/1990/39/06
ISBN 90-317-0824-0
NUGI 221

CIP
Dreesen, Jaak
Sporen in de sneeuw
met tekeningen van Kristien Aertssen
Averbode; Apeldoorn - Altiora, 1990
96 p.; 22 cm - (Zonneboek)
ISBN 90-317-0824-0   UDC 82-93   NUGI 221
Doelgroep: lezers vanaf 10 jaar
Trefw.: jeugdboeken, verhalen

STICHTING NEDERLANDSE
KINDERJURY
1991

1

"Svenneke menneke jongske toch", zegt papa.
Hij probeert te glimlachen, maar dat lukt niet.
Zijn ogen staan op droevig.
"Ik bèn geen Svenneke menneke", zegt de jon-
gen. "Ik ben Sven."

Stilte.

Papa vraagt:
"Wat ben je aan het lezen?"
Eerst zwijgt Sven. Dan zegt hij:
"Over een vlot. Over een jongen die een vlot
timmert."
"En wat doet hij daarmee?"
"Wat doe je met een vlot? Je laat het te water."
"Doet die jongen dat ook?"
"Natuurlijk. Hij zou een sufferd zijn als hij dat

niét zou doen. Hij zal zich zeker eerst te barsten timmeren aan dat vlot en het dan op het strand laten staan!"
"Dus. Hij laat het te water."
"Ja."
"En dat vind jij mooi?"
"Hoe dat in het boek staat, ja."
"Hoe staat het dan in het boek?"
Sven zucht.
Stommerd, denkt hij, moet je het zelf maar lezen.
"Er staat hoe het vlot in elkaar dondert."
"Lees even voor?"
"Er staat: 'Ik hoorde gekraak en voelde de balken onder mijn gympjes vandaan schieten. Gillend verdween ik halsoverkop onder water. Een eeuwigheid verbleef ik daar. Luchtbellen en visjes schoven aan mij voorbij. Het was een moment dat ik niet meer vergeet, al weet ik niet meer precies wat ik dacht. In mijn hoofd zat een soepje van schrik, kwaadheid, spijt, lol, een beetje van alles tegelijk.' Zo staat het daar."
"En dat vind jij prachtig?"
"Jà!"
"Je hebt gelijk."
"Je ziét die visjes toch en die luchtbellen terwijl je leest?"
"En ze zijn er niet eens!"
"Natuurlijk zijn er geen visjes. Wie gelooft nu dat er visjes zwemmen in die rotzee? En dan nog wel zo dicht bij het strand."

8

"Ze zwemmen alleen in het boek."
"En in het hoofd van die jongen met dat vlot, natuurlijk."
"Ja."
"Dat is juist zo leuk. Vissen kunnen niet in boeken zwemmen. Maar als ik dat lééś, is het alsof ze me aankijken met hun blinkende ogen!"
"Zo moeten boeken geschreven zijn."
"Ja! Als het regent in een boek, moet ik nat worden als ik dat lees."
"Als het sneeuwt, moet je de koude vlokken op je wangen voelen."
"Als er over hondepoep geschreven wordt, moet ik die ruiken!"
"Als het waait, moet het tochten in de kamer."
"Ja."

Stilte.

"Jij bent een boekenwurm, Sven."
"Ja."
"Een échte boekenwurm."
"Dat weet ik. Ik vreet boeken. En als ik boeken *blijf* vreten, word ik een boeken*monster*! Dan verslind ik alle boeken die ik onder mijn tanden krijg. Ik begin thuis. Hier in mijn kamer. Dan jouw boeken, papa. Pas maar op! Steek ze achter slot en grendel. Metsel er een muur omheen. Drie muren van beton. Het zal nog niet genoeg zijn. Monsters hebben scherpe tanden! En ik ben dan een verschrikkelijk *groot* en *sterk*

9

monster! En als ik alle boeken in ons huis heb opgevreten, trek ik de stad in. Op naar de bibliotheek! Holala! Het boekenmonster komt eraan! Zie hoe de mensen wegvluchten! Op de hoek van de straat staat een agent. Ik grom en laat mijn tanden zien. Haha! Kijk hem rennen! Daar is de bibliotheek. Boemboemboem! Ik ben binnen. SmekSmek. SmakSmak. Hm. Lekker! Lekker!''

Stilte.

''Svenneke menneke toch.''
Papa's stem klinkt vermoeid.
Sven leest.
Ze horen zichzelf en elkaar ademhalen.
Dan zegt Sven:
''Ik krijg de tranen in mijn ogen als de jongen van het vlot vertelt wat allemaal in het vuur terechtkomt dat hij op het strand heeft aangestoken.''
''De rook prikkelt je ogen.''
''Ja, dat ook. Maar zo 'n vuur op het strand! En wat er met de kràbben gebeurt. Hoor hoe het in het boek staat: 'Uiteindelijk werden ze grijs en dan op een bepaald moment, wanneer de wind aanwakkerde, gebeurde er iets angstaanjagends. Het vuur had hen veranderd in krabben van as en met een zuchtje van de wind werden ze uit elkaar gedreven en verdwenen ze geheel in het niets.' Zo staat het in het boek!''

10

"Svenneke", zegt papa weer.
Het is alsof hij iets heel belangrijks wil zeggen,
maar hij slikt en vraagt:
"Zul je vroeg gaan slapen, jongen?"
Sven knikt.
Vroeg, vroeg. Wat is vroeg, denkt hij. En als ik
in mijn bed lig, komen de dromen weer, en de
spoken.
Maar hij zegt niets.
Hij slaat zijn boek dicht.
Klimt de trap op.
Gaat naar de badkamer.
Het is alsof hij een vreemde jongen ziet in de
spiegel. Wat heeft die bleke wangen. Grote
ogen. Vettig piekhaar.
Ben ik dat? Ja, jij. Wie anders?
Hij wil zijn tanden poetsen.
Als het water uit de kraan stroomt, moet hij
plassen.
Hij trekt z'n kleren uit. Wast zich. Raprap. Py-
jama aan. Terug naar beneden.
Papa kijkt naar de televisie.
"Tot morgen, papa", zegt Sven.
"Dag, jongen. Slaap lekker. En als je me nodig
hebt..."
Nodig?
Heb ik papa nodig?
Heb ik een papa nodig?
Heeft papa mij nodig?
Heeft hij mij nodig omdat hij niemand anders
heeft?

En heb ik *hèm* nodig omdat...
Sven ligt in zijn bed.
Hij hoort zijn hart bonzen.
Boemboemboemboemboemboemboemboem.
Sven denkt aan de jongen met het vlot.
Het is alsof hij op het plafond de vlammen van het strandvuur ziet dansen.
Oranje vlammen.
De jongen sleept planken en stokken aan, een oude stoel, stukken van het vlot.
En kràbben. In een plastic emmertje.
"Niet doen! Niet doen!" wil Sven schreeuwen, maar er komt geen geluid uit zijn keel.
De jongen gooit de krabben in het vuur. Zie hoe ze kronkelen en krimpen.
Sven sluit zijn ogen. De vlammen verdwijnen.
Het geknetter sterft weg.
Dan hoort Sven het zachtaardige grommen van de zee. De wind fluit.
Boemboemboemboemboemboemboem, doet zijn hart.
De zee gromt luider. De wind gaat harder fluiten.
BOEMBOEMBOEMBOEMBOEMBOEMBOEM, doet het hart van Sven.
En morgen lees ik weer een ander boek, denkt hij. Morgen lees ik over reptielen. Over slangen. Slangen hebben geen trommelvliezen en geen oogleden. Ze hebben alleen een héééééél gevoelige *tong*. Die gebruiken ze om te onderzoeken wat zich in de buurt bevindt. *Kaken*

12

hebben ze ook. Die kunnen ze héééél wijd opensperren. Alsof ze van plastic zijn. Een grote slang kan een hele geit verzwelgen. Wat ik lees, onthoud ik. Omdat ik een boekenwurm ben.

Papa zegt: "Je moet niet zoveel lezen, Sven." Hij wil dat ik buiten speel. Fietsen moet ik. Voetballen. Ravotten. Maar ik ben de grote boekenverslinder.

Ik lees over hagedissen. Er zijn wel drieduizend soorten. Ze hebben *bijna* allemaal voorpoten en achterpoten. Alleen hazelwormen hebben geen poten. Toch zijn het hagedissen. Sommige soorten leggen eieren. Andere krijgen gewoon jongen.

Mijn hoofd zit vol feiten. Ik weet veel. Ik weet veel te veel. Ik haal het allemaal uit de boeken. Welke jongen van bijna elf jaar weet dat kameleons hun ogen onafhankelijk van elkaar kunnen bewegen? Dat ze van kleur kunnen veranderen, weten sommige jongens natuurlijk wel. Dat hebben ze op school geleerd. Maar welke onderwijzer zegt erbij dat kameleons zich met hun staart aan een boomtak kunnen vasthaken?

Boekenwurm.
Boekenmonster.
Boekencowboy.
Boekenverslinder.
Boeken.

En papa altijd met zijn vragen.
"Wat lees je, Sven?"
"Over een jongen die een vlot timmert, papa."
"En wat doet hij met dat vlot?"
"Hij laat het te water, papa. Wat zou een jongen die een vlot timmert anders doen?"
"En dat vind jij mooi?"

Ja. Dat vind ik, verdomme, mooi. Wat moet ik ànders mooi vinden? De stomme films waar jij 's avonds naar kijkt? Moet ik het leuk vinden dat ik je soms hardop tegen jezelf hoor praten? Moet ik een gat in de lucht springen omdat jij "Svenneke-menneke-jongske-toch" zegt?

Het is stil.
Dan hoort Sven een vliegtuig ronken.
Eerst ver weg. Maar het komt dichterbij. Nu is het vlak boven het huis.
Sven denkt: in het vliegtuig zitten twee mannen met handgranaten in hun zak. Nog heel even, dan halen ze die te voorschijn. Ze springen op en roepen:
"Niet bewegen! Niet bewegen! Dit is een *kaping!"*
De passagiers duiken verschrikt weg. Een kind begint te huilen. Eén van de kapers loopt naar de cockpit.
"Rechtsomkeer!" roept hij. "Rechtsomkeer!"
De piloot zegt ijzig kalm:

14

"Dat gaat zomaar niet, makker!"
"Wàt?" schreeuwt de kaper. "Jij durft mij tegenspreken?"
"Ach", zegt de piloot, "ik heb al andere varkentjes gewassen!"

Op dat ogenblik is het gedreun van het vliegtuig weggestorven. Sven heeft geen zin meer in kapingen. Hij blijft stilletjes liggen. Probeert nergens aan te denken. Maar hoe doe je dat? Als je probeert nergens aan te denken, pieker je je suf over een manier om nergens over te piekeren. Zou papa nog altijd televisie kijken? Misschien kijkt hij wel naar een documentaire. Over krabben. Of over reptielen. Over het verschil tussen een krokodil en een alligator. Als een alligator zijn bek dicht heeft, zie je alleen zijn boventanden. Bij een krokodil zie je de tanden van beide kaken. Zo simpel is dat. Een alligator heeft ook een stompe neus. Die van een krokodil is dus scherper.

Of kijkt papa naar een speelfilm?
Over een man en een vrouw. Hoe die van elkaar houden. *Als* ze van elkaar houden.

Sven ziet het gezicht van papa in het donker. Hij blijft ernaar kijken. Opeens is het alsof het vliegtuig met de kapers terugkeert. De motoren brullen. Sven hoort de stemmen van de kapers er bovenuit. "Niet bewegen! Niet bewegen!'' Sven blijft roerloos liggen. Hij hoort zijn hart bonzen. BOEMBOEMBOEMBOEMBOEM! Papa kijkt hem strak aan. Sven wéét waar hij aan denkt.

"Mama! Mama!" roept Sven, maar hij hoort zichzelf niet, omdat de motoren brullen en zijn hart blijft bonken.

Hij ziet dat papa iets zegt.

Hij leest de woorden van zijn lippen.

Papa zegt: "Svenneke menneke jongske toch."

16

2

Sven is zes.

Hij hoort mama lachen. Rent naar haar toe.
Zij vangt hem op. Tilt hem hoog boven haar
hoofd.
Dan drukt ze hem stevig tegen haar borst. Zo
blijft ze eventjes onbeweeglijk staan.
"Jij ruikt lekker!" roept Sven.

Het moet zomer zijn, want ze lopen gedrieën
langs het strand en de zon brandt.
Papa heeft zijn arm om de schouder van ma-
ma geslagen.
Sven blijft achterop.
Er is zo verschrikkelijk veel te zién op het
strand. Planken. Stokken. Zeewier. Kwallen.
Plastic bekertjes. Lege colablikjes.
En schelpen natuurlijk.

Duizenden schelpen.
"Svenneke! Svenneke!" Papa's stem galmt over
het strand. Als die een keel opzet...
Sven stapt pletspletsplets door het water. Dat
is koud en warm tegelijk. Helemaal vanonder
is het koud. Bovenop warm.

Er komen meeuwen aanvliegen.
Ze schreeuwen.
Ze vechten.
En daarna vliegen ze weg. Rakelings over de
golven. Sven blijft ze nakijken. Het zonlicht
schittert op het water. Hij krijgt er pijn van aan
zijn ogen.

's Avonds zitten ze samen op een bank op de
dijk. Papa en mama dicht bij elkaar, Sven een
eindje verderop.
"Wil je een ijsje, Sven?" vraagt mama.
Natuurlijk wil hij een ijsje.
Mama koopt er ook een voor zichzelf. Sven ziet
hoe haar tong het ijs weglikt. Die tong is puntig en heel rood. Mama verslikt zich een beetje. Papa lacht.

Ze blijven meer dan een week aan zee. En alle
dagen schijnt de zon. Soms denkt Sven: regen
over het water zou ook leuk zijn. Maar dan kon
hij niet altijd opnieuw naar het strand.
Gek dat er zoveel schelpen liggen. Het is alsof
de zee een onuitputtelijke voorraad heeft.

18

Elke nacht strooit ze weer honderdduizenden nieuwe schelpen op het strand.

Soms koopt papa een krant en drinkt een glas bier op een caféterras. Dan wandelen Sven en mama langs het water.
"Kijk hier!" roept Sven, en hij loopt met een boogje rond een kwal.
Mama neemt hem bij de hand.
Eerst wil Sven dat niet. Hij loopt veel liever alleen. Maar dan gaan ze samen tot vlak bij de vloedlijn. Sven kijkt naar de golfjes. Hij hoort het water ruisen. Hij kijkt naar mama. Ze lacht. Ze schudt haar krullen. Ze buigt zich naar hem toe. En weer roept Sven: "Jij ruikt lekker!"
Hij weet niet of hij zeep ruikt of gewoon mama.

Ze slenteren voort.
Sven is blij. Hij ziet mama's ogen blinken. Het is alsof de schelpen en de golven helemaal voor hen alleen zijn. Voor Sven en mama. Voor papa ook een beetje natuurlijk, maar die drinkt een biertje, die leest de krant.
Mama heeft haar rok opgeschort. Sven ziet haar lange benen. Haar tenen. Ze lopen samen, pletspletsplets, door het water. Mama laat zijn hand los.
"Jij moet helemaal aan de rand van het water lopen!" zegt ze.
Zelf gaat ze verder in zee.

Ze schort haar rok steeds hoger op.
Opeens komt er een hoge golf aangerold.
Mama gilt.
Sven lacht.
Mama's broekje is nat.
"Hoe moet ik dat nu laten drogen?" vraagt
mama.
Maar ze blijft gewoon met haar natte broek
naast Sven in het water lopen.
"Zing je een liedje voor mij?" vraagt Sven.
"Straks. Nu moet je naar de zee luisteren",
zegt mama.

's Avonds staat de hemel vol sterren.
Mama schuift de overgordijnen op Svens slaap-
kamer opzij.
"Kijk!" zegt ze.
Ze zet ook de deur van het balkonnetje ver
open. Samen turen ze naar de sterren.
Dan begint mama zacht te zingen:

"Zeven paarden voor een wagen.
Had ik een stok, ik zou ze jagen
Had ik een zweep, ik zou ze slaan.
Dat ze de hoge berg op gaan.
Hoge bergen, diepe kuilen.
Niemand kan de dood ontschuilen."

Sven begrijpt niet goed wat mama zingt.
"Hoge bergen, diepe kuilen, niemand kan de
dood ontschuilen."

20

"Wat betékent dat?"
"Dat weet ik zelf ook niet zo best", aarzelt
mama.

Ze geeft Sven een kus.
"Slaap lekker!" zegt ze.
"Tot morgen", zegt Sven.
Hij duikt in zijn bed.

De nacht valt snel over de zee, het strand en
de huizen. De sterren blijven fonkelen.
Vlak voor hij inslaapt, denkt Sven aan de nat-
te broek van mama.
Hij lacht.

3

*D*it is een weer voor bokkerijders, denkt
Sven. Hij ziet hoe de wind grote, grauwe wolken door de lucht stuwt.
Ze hollen voort, alsof de duivel ze op de hie-
len zit.
"Moet je nu écht over de bokkerijders lezen?"
vraagt papa.
Moeten?
Niets moet.
Maar het is wel spannend.
Hoe de bokkerijders kinderen stelen om ze bij
de bende in te lijven. Kinderen! En hoe ze een
koppige boer aan het spreken krijgen. Ze bin-
den hem op een stoel. Trekken hem zijn broek
en zijn sokken uit. Steken onder zijn blote voeten een bos stro in brand. Je zou voor minder
kabaal maken.

"Svenneke! Ik geloof dat jij *ziek* bent! Die gruwelijke verhalen allemaal!"

"Gruwelijk? Ho maar! Dat is nog niets. Of ken je het verhaal niet van het meisje Leentje van de bokkerijdersbende? Leentje zou een van de rijke controleurs de baard afdoen en scheren. Leentje grijpt het scheermes, wrijft het over de lederen riem, totdat het vlijmscherp is. Dan pakt ze de haren van de controleur. Rukt zijn hoofd achterover. Snijdt hem met één felle haal de keel over! Dat is pas gruwelijk, papa."

"Sven! Pas maar op of ik laat de dokter komen."

Haha!
De dokter!
Omdat ik de verhalen van de bokkerijders lees. Als papa mijn *heksenboek* vindt, dàn wordt hij pas kwaad! Maar wat weet papa van heksen? Hoe die poppetjes van rode was kneden en ze daarna met een meidoornstekel door het hoofd prikken. Zo kunnen de heksen mensen van op een afstand vreselijk folteren! En soms, soms vermommen ze zich in dieren.
Of ken je dit verhaal niet? Bij een boer worden elke nacht kippen gestolen. De boer gaat op de loer liggen. Tegen middernacht verschijnt er een grote, zwarte hond met fonkelende ogen. De boer pakt z'n geweer, schiet, raakt de hond, maar die kan toch ontsnappen. De volgende

24

dag komt de meid van de boer niet opdagen. De boerin gaat een kijkje nemen. De meid ligt in bed, de billen vol hagel.

Ik wil mijn kop volproppen met verhalen, denkt Sven. Barstensvol moet m'n kop zitten. Dan heb ik op elk moment van de dag en de nacht een verhaal klaar, voor als het nodig mocht zijn.
Nodig?
Het zal nodig zijn!
Of denkt papa dat ik tot ik doodga over *mama* zal zwijgen?
Hij zwijgt als het graf.
Hij doet alsof mama van de aardbodem verdwenen is.
Hij kijkt naar documentaire films op de televisie. Naar films waarin een man en een vrouw van elkaar houden. Of *niet* van elkaar houden.

"Moet je nu echt over de bokkerijders lezen, Svenneke?" vraagt papa weer.

Nee hoor, denkt Sven.
Ik kan even goed over de heksen lezen.
Of over Napoleon. Weet je, papa, dat Napoleon een formidabel geheugen had? Hij kon zich z'n hele leven dingen herinneren die hij ooit gelezen of gehoord had. Hij was ook buitengewoon knap in wiskunde.
Heb je liever dat ik over Napoleon lees dan over

de bokkerijders of de heksen? Je zegt het maar, papa. Je zegt het maar.

Hoe dan ook, ik moet ervoor zorgen dat mijn kop gevuld blijft met verhalen. Als ik "klik" zeg, moet er een verhaal te voorschijn springen. Over Old Shatterhand en Winnetou kan natuurlijk ook. Of van Jules Verne. Maar liever toch over Winnetou en Old Shatterhand. Je moest eens weten hoe hun *paarden* draven in mijn kop! Elke nacht hoor ik ze. Op de hele wereld bestaat niks mooiers dan een paard. Zo groot. Zo sterk. Zo verstandig. Ik kan aan het hoefgetrappel horen of het nacht is of dag. 's Nachts klinkt het immers luider omdat het dan stil is. En soms houden de paarden opeens halt. Ze hinniken en snuiven. Ik hoor de stemmen van Winnetou en Old Shatterhand. Ze beraadslagen. Ze hebben onraad geroken. Grijpt Old Shatterhand zijn *zilverbuks*? Het schot rolt als een donder over de vlakte. Als de echo weggestorven is, draven de paarden weer. Als bliksemschichten schieten ze over de prairie. Kleiner en kleiner worden ze. De horizon slokt ze op. Ik sta helemaal alleen op de vlakte. Hoog in de lucht cirkelen zwarte vogels. Arenden? Gieren? Er drijven prikkelende geuren over de prairie...

"Svenneke! Niet dromen!"
"Nee, papa."

Hij wéét niet dat de heksen bij volle maan in de wijnkelders van Keulen zitten. Overal zitten ze! En niemand durft nog om wijn gaan in die kelders!
En in Engeland... In Engeland zijn de kinderen als de dood zo bang dat ze door hun vader *vervloekt* zouden worden.

"Svenneke!"

Jij zou mij natuurlijk nooit vervloeken, papa. Waarom zou je? Het is ook *mijn* schuld niet dat mama... Néé, ik zeg niet dat het *jouw* schuld is! Ik zeg niks. Ik klem mijn lippen op elkaar. Welke jongen zal zijn vader beschuldigen? Ik ben de heksenjager niet. Die folterde de heksen net zo lang tot ze alles bekenden wat hen werd voorgezegd. Ik...

Wat spookt er toch allemaal door mijn hoofd? Waarom *knettert* het zo in m'n kop? Straks moet die dokter toch nog komen.

"Waaraan denk je, jongen?"
"Aan bokkerijders en heksen en Winnetou en Old Shatterhand, dokter."
"En *waarom* denk je daaraan, jongen?"
"Zomaar. Mijn kop zit daar vol van. Er zitten ook *paarden* in mijn kop, dokter. En slangen en krokodillen. Kent u het verschil tussen een hagedis en een hazelworm, dokter? Nee? Dat

dacht ik al! Een hazelworm heeft geen poten. Dat is het hele verschil, ja."
"Interessant, jongen! Interessant!"
"Dat meent u niet, dokter."
"Wat zeg je, jongen?"
"Dat u dat niet méént! Het kan u helemaal niks verdommen dat een hazelworm geen poten heeft en een hagedis wél!"
"Hoe weet jij dat zo goed, jongen?"
"Ik zie het aan uw ogen, dokter. En ik hoor het aan uw stem. U hebt zeker nooit paarden horen draven in uw kop, euh... hoofd, dokter?"

Stilte.

Ooit, denkt Sven, *ooit* verzin ik een verhaal waar papa en de hele wereld van achterover slaat. Het zal een spannend verhaal zijn. Er zullen heksen in voorkomen en bokkerijders, maar ze zullen onherkenbaar zijn. Ik geef ze andere kleren en de bokkerijders vliegen niet langer op de rug van een bok door de lucht, nee, ze rijden in snelle auto's. De heksen hebben geen bezemsteel, misschien hebben ze wel helemaal geen vervoermiddel. Ze kunnen de mensen van op een afstand folteren! De dokter zal de heksenmeester zijn, maar hij zal geen macht hebben over de heksen. Die zullen hem vragen of hij het verschil kent tussen een alligator en een krokodil, en als hij niet kan antwoorden, zullen ze hem uitlachen, hem de broek afstropen

28

en zijn sokken uittrekken. Misschien verbranden ze een bos stro onder zijn blote voeten. De dokter zal het op de zenuwen krijgen... Ik zal nog veel meer verzinnen. Ik schrijf alles in een dik boek en daarmee ga ik naar een uitgever. Die zal blij zijn. Zo 'n prachtig boek van een jongen van bijna elf jaar! De uitgever laat tienduizenden boeken drukken en zie, ze liggen nog niet in de winkel, of ze zijn al uitverkocht. Weer laat de uitgever de persen draaien en weer gaan tienduizenden exemplaren naar de winkel. Ze worden als zoete broodjes verkocht. Ik, Sven, bijna elf, ik ben beroemd. In kranten en weekbladen verschijnen lange, prachtige artikels. Er komt een journaliste van een grote krant voor een interview. Ze stelt wel duizend vragen, maar over hoé ik mijn boek geschreven heb, vraagt ze niets. Op een morgen brengt de postbode een brief van de televisie. Of de jonge auteur op dinsdagavond aanwezig kan zijn in Studio 3 voor een interview tijdens een rechtstreekse uitzending. Natúúrlijk kan dat! Zeker weten! Toch sta ik te trillen op mijn benen als het zover is. De interviewer praat eerst met het publiek over iets dat in een Nederlandse krant heeft gestaan. Heel stom vind ik dat. Als de gesprekken stokken, steekt iemand van de televisie de rechterhand op. Dan moet het publiek in de handen klappen.
Opeens ben ik aan de beurt. De interviewer knipoogt even, en alle zenuwachtigheid

verdwijnt. Het is alsof ik helemaal alleen met hem in de studio zit. Hij kijkt mij recht in de ogen terwijl hij spreekt. Eerst zegt hij dat een jongen van bijna elf die zo 'n prachtig boek geschreven heeft, ontzaglijk veel *gelezen* moet hebben. Dat is natuurlijk de spijker op de kop. "Ja", zeg ik, "ik ben een boekenwurm. Een boekenmonster. Pas maar op! Gelukkig zijn er bij de televisie geen boeken, of je zou hier wat beleven!"

"Stop maar!" zegt de interviewer. "We zullen het eerst even over je *eigen* boek hebben. Of ga je dat straks ook verslinden?"

"Dat is nergens voor nodig. Ik heb het immers zelf geschreven. Dat *is* al van mij!"

"Heel slim geantwoord!"

Zelfs zonder dat de televisieman zijn rechterhand heeft opgestoken, klinkt er applaus.

"Jij hebt dus veel gelezen. Kun je ook goed *onthouden* wat je gelezen hebt?"

"Ik onthou alles. Mijn hoofd zit vol boeken."

"Is dat niet heel vermoeiend?"

"Ja."

"Welk boek ben je nu aan het lezen?"

"Een boek over paarden. Weet je dat de grote, sterke paarden zoals wij die nu kennen, afstammen van het dageraadspaard dat nog geen 30 centimeter groot was?"

"Niet te geloven! Jij weet wel héél veel."

"Ja. Omdat ik veel lees."

"Maakt je dat ook gelukkig?"

30

Ik zwijg.
Het wordt doodstil in de studio.
Ik kijk de interviewer recht in de ogen.
De spanning stijgt.
Op de grote studioklok tikken de seconden drif-
tig voorbij.

Dan zeg ik:
"Lezen maakt mij niet altijd gelukkig. Soms is
het zalig. Soms word ik er triestig van."
"Toch blijf je het doen?"
"Ik moet wel."
"Moeten? Hoezo?"
"Als ik me triestig voel, lees ik om te vergeten."
"En daarnet zei je dat je leest om veel te we-
ten?"
"Ja. Maar terwijl je leest, hoef je aan niks an-
ders te denken."
"Dat begrijp ik. Wat *wil* jij dan vergeten?"

Stilte.
Ik aarzel.
Ik kijk de interviewer recht in de ogen.
"Er draven paarden in mijn kop", zeg ik. "Weet
je wat dat betekent? Altijd die paarden. En als
de paarden weg zijn, komen de krokodillen en
de hagedissen. Of de heksen. Die kunnen mensen pijn doen van op een afstand. Ze hebben..."
"Ja. Zeg maar."
"Ze hebben rode, wassen poppetjes. Met een
scherpe meidoorn prikken ze daarin. Soms..."

"Soms wàt?"
"Soms wou ik dat ik ook zo 'n poppetje had."
"Je wilt iemand pijn doen?"
"Ja. Nee. Ik weet het niet. Het is allemaal zo vreemd."
"Dat komt ook door al die boeken, denk ik. Door alles wat jij moet onthouden."
"Omdat ik veel lees, moet ik veel onthouden."
"Ken je ook *liedjes*?"
"Nee. Dat geloof ik niet. Of misschien toch..."
"Denk eens goed na!"
"Misschien. Ik weet het niet. Als ik..."

De stilte is hoorbaar. Het publiek kijkt vol spanning toe.
Dan begin ik te neuriën. Heel zacht. Ik zing:
"Zeven paarden voor een wagen.
Had ik een stok, ik zou ze jagen.
Had ik een zweep, ik zou ze slaan.
Dat ze de hoge berg op gaan.
Hoge bergen, diepe kuilen.
Niemand kan de dood ontschuilen."

Ik heb heel zacht gezongen. Er barst een luid applaus los.
De interviewer legt even zijn hand op mijn arm.
"Dat was mooi, Sven", zegt hij. "Wie heeft jou dat liedje geleerd?"
Ik zwijg.
Hij denkt dat ik de vraag niet goed begrepen heb.

32

"Wie heeft jou..."
Ik onderbreek hem.
"Mijn mama", zeg ik dan.

Stilte.

"En? Wil je daar nog iets over kwijt?" vraagt
de interviewer.
Ik denk even na.
"Nee", zeg ik dan. "Laat maar."
"Misschien heeft jouw mama dit liedje wel ge-
hoord", zegt de interviewer.
Ik schrik.
"Als dat waar is... Dan weet ze nu dat ik het nog
niet vergeten ben."

Stilte.
Applaus.
De interviewer geeft me een hand.
Een volgende gast wordt aangekondigd.
Ik zit daar maar.
Mama! denk ik.
Misschien heeft ze in haar nieuwe huis geen te-
levisie?
Misschien wil die vriend van haar helemaal niet
dat ze televisie kijkt?
Misschien leest ze ook geen kranten?

4

H et is winter.
Papa, mama en Sven zijn met vakantie in de
Ardennen.
Ze logeren in een huisje aan de voet van een
heuvel.
Overal rondom staan hoge dennebomen. Ze
torsen een muts van sneeuw.
Het is verschrikkelijk stil in de Ardennen! Soms
vliegen er kraaien rakelings over de boomtop-
pen. Hun gekras klinkt oorverdovend.
Binnen in het huisje is het lekker warm. Sven
kijkt door het raam.
Het sneeuwt weer.
''Gaan jullie mee naar buiten?'' vraagt papa.
Sven wil wel.
Mama haalt de schouders op.
Wil ze nu, of wil ze niet? Sven weet het niet.

35

Toch lopen ze even later gedrieën door de sneeuw. Papa heeft een rode sjaal. Mama een gele. En een witte, wollen muts. Sven draagt een blauwe sjaal.

Rood. Geel. Blauw. En de witte muts van mama. En het smetteloze wit van de sneeuw. Sven blijft in kleuren denken. Het topje van papa's neus wordt rood. En mama's wangen!

Papa bukt zich. Knijpt de verse sneeuw tot een perfecte bal. Gooit hem naar Sven. Mis!

Ook Sven perst wat sneeuw samen. Gooit naar papa. Mis!

Er ontstaat een verwoed gevecht. Pats! Pats! Pats!

Papa wenkt mama.

"Kom!" roept hij.

Maar mama komt niet. Zij staat daar maar. De sneeuw danst om haar hoofd en haar schouders.

Papa kijkt strak in haar richting. Hij fronst de wenkbrauwen.

Dan roept hij lachend naar Sven: "We maken een sneeuwpop!"

Dat is een koud kunstje, want de sneeuw is vers. Binnen de kortste keren staat er een prachtige pop.

"Hij moet nog een hoed krijgen en ogen en een mond en een neus!"

Papa holt naar het schuurtje naast het huis. Hij komt terug met een rafelige zonnehoed.

Vier eindjes hout moeten mond, neus en ogen verbeelden.
"Mooi hé, mama!" roept Sven.
Mama slentert dichterbij.
"Heel mooi, jongen", zegt ze.
"Als het niet gaat dooien, staat hij er morgen nog", zegt papa.
"En overmorgen. En daarna", antwoordt Sven.
"Dan zijn we al lang weer thuis", zegt mama.
Haar stem klinkt bars.

Even later lopen ze achter elkaar over het smalle bospad. Het wordt heel langzaam donker. Alsof de witte schittering van de sneeuw de duisternis wil tegenhouden. Af en toe ploft er, in een lange sliert, een klad stuifsneeuw uit een boom. Papa zwijgt. Mama zwijgt. Sven denkt diep na, maar hij kan niks verzinnen om over te praten. Hij balt de vuisten. Steekt ze in zijn broekzak. Opeens staat hij stil.
"Zég toch iets!" schreeuwt hij.
De kreet galmt tussen de bomen.
"Kom, jongen", sust mama.
Zij legt haar arm om zijn schouder. Even staan ze heel dicht bij elkaar.
Dan wringt Sven zich los. Hij loopt naar papa.
"We gaan terug", zegt die.

Later op de avond brandt een knetterend vuur in de open haard.

Sven kijkt naar de vlammen. Hoe die op en aan en heen en weer dansen! En wat een kleuren hebben ze! Felrood. Oranje. Geel. Soms bijna wit met een blauw randje. Sven kan er haast niet genoeg van krijgen.
"Dat is mooier dan het mooiste televisieprogramma!" zegt papa.
Sven moet erom lachen.
Wat hebben die vlammen nu met televisie te maken, denkt hij. Papa met zijn rare vergelijkingen altijd!
Mama zegt niets.
Mama zit daar maar.
Ze kijkt niet naar de vlammen.
Ze kijkt niet naar papa.
Ze kijkt niet naar Sven.
Ze zit helemaal in zichzelf gekeerd.

"Het is bedtijd voor jongetjes van zeven", zegt papa gemaakt vrolijk.
Sven wil niet naar bed. Hij wil naar de vlammen in de open haard kijken.
Maar omdat mama toch niks zegt, protesteert hij niet.
Hij staat op. Gaat naar mama.
"Goedenacht", zegt hij kort.
Mama schrikt even. Alsof ze plots wakker wordt.
"Nacht, Svenneke, tot morgen."
"Tot morgen, papa!" zegt Sven.
"Dag, jongen. Slaap lekker!"

38

Het bed van Sven staat op een piepklein ka-
mertje onder het schuin aflopende dak waar-
in een raam zit. Er ligt een pak sneeuw op het
glas. Sven kan niet zien of het nog sneeuwt of
dat er sterren staan. Misschien klimt de maan
boven de bomen van de Ardennen?
Sven staart met wijdopen ogen naar het pla-
fond, maar ziet niets. Het is verschrikkelijk stil.
Zo stil dat Sven schrikt als hij opeens papa's
stem hoort. Luid. Driftig. Boos. Hoort hij ma-
ma nu ook? Sven gaat rechtop zitten. Zijn hart
bonst. Weer klinkt de woedende stem van pa-
pa. En die van mama. Zachter.

Wat zeggen *ze toch? Sven wil er meer van we-*
ten. Hij glijdt het bed uit. Heel behoedzaam
opent hij de deur van het kamertje. Sluipt de
trap af. Op de onderste trede blijft hij zitten.
Hij hoort papa praten terwijl hij driftig heen
en weer stapt.
"... al zolang bezig... Waarom denk je dat ik
heb voorgesteld om naar de Ardennen te ko-
men?"
"... Ik..."
"... Néé! Dat zul jij niet weten! Wat denk je
dat zo 'n kind moet doormaken, als jij..."
"Dat wéét ik! Dat weet ik net zo goed als jij!"
Er weerklinkt gestommel. Heel even is het als-
of papa naar boven zal komen. Sven staat op.
Wil de trap op rennen. Gaat weer zitten als het
gestommel ophoudt.

''... wat die jongen moet doormaken'', zegt papa weer.
''... Jij gelooft me niet als ik zeg dat ik ...''
''Hoe kan ik dat geloven? Jij en die vriend van jou...''
''... toch evenveel als vroeger van Svenneke kan houden!''
''Ik begrijp dat niet.''
''Toch is het zo.''
''... zelfs hier in de Ardennen... Terwijl dit voor de jongen een feest zou moeten zijn...''
''... Natuurlijk...''
''... zit jij de hele tijd aan die vriend te denken...''
''Ik denk aan Sven.''
''... zou je niet zeggen...''
''En ik denk aan jou.''
''... hoeft niet aan mij te denken als je Sven...''
''... voor mij ook niet gemakkelijk! Begrijp dat dan toch!''
''... ik doe mijn best...''

Even blijft het stil.
Sven zit als versteend. Wat zeggen ze toch? Waarom zijn ze zo kwaad? Wie is die vriend en waarom spreken ze de hele tijd over mij? Dan hoort hij papa's stem weer.
''... morgen en overmorgen...''
''... ik zal mijn best doen...''
''... die jongen toch nog een beetje plezier...''
''... ik wil jou ook geen pijn doen...''

40

Gestommel.
De trap kraakt een beetje als Sven terug naar boven sluipt. Hij kruipt in zijn bed. Slaat de dekens over zijn hoofd. Maar hij blijft de stemmen van papa en mama horen.
"... evenveel als vroeger van Svenneke houden..."
"... zit de hele tijd aan die vriend te denken..."
"... voor mij is het ook niet gemakkelijk..."
"... ik wil jou ook geen pijn doen..."

Wat bedoelen ze toch?

Het duurt lang voor Sven inslaapt. In zijn droom ziet hij roetzwarte kraaien, die rakelings over de besneeuwde boomtoppen vliegen. Hun gekras klinkt luid en spottend.

De volgende morgen zitten papa en mama al aan tafel als Sven opstaat.
"Goedemorgen!" zeggen ze opgewekt.
"Goedemorgen", zegt Sven.
Hij kijkt hen vol wantrouwen aan. Maar ze blijven glimlachen.
"Heb je goed geslapen, jongen?" vraagt mama.
Heel even wil Sven het uitschreeuwen. Dat hij helemaal niet goed geslapen heeft! Dat de zwarte kraaien in zijn droom...
Maar hij zegt:
"Ja, hoor!"
"Dan is het goed."
Goed?

Het is helemààl niet goed! Of denken jullie dat ik jullie spelletjes niet door heb! Jullie moesten eens wéten dat ik gisteravond...

"Kom Sven, we gaan wandelen!"
Mama heeft haar lange laarzen aangetrokken. Sven knoopt zijn hoge schoenen zorgvuldig dicht. Gedrieën gaan ze op pad. Mama en papa lopen dicht bij elkaar maar ze raken elkaar niet aan.
"Kijk! Een konijntje!"
Een grijs konijntje rent met grote sprongen over de bevroren sneeuw.
Zou het helemaal alleen op de wereld zijn, vraagt Sven zich af. Zitten zijn ouders misschien veilig in een hol onder de grond en laten ze het kleintje ronddolen?

De zon schijnt. Er vallen lange, rechte lichtstrepen tussen de bomen door. De sneeuw glinstert en fonkelt. Het is alsof hij zeggen wil: "Kijk naar mij! Pak mij! Kneed mij!"
Maar Sven denkt er niet aan. Hij loopt in het spoor van papa en mama en hij piekert over wat hij gisteravond heeft gehoord.
Hij staat stil.
Er schieten tranen in zijn ogen.
Hij ziet hoe papa en mama verder wandelen. Eerst kijken ze niet eens om. Dan blijft papa ook staan. Hij draait zich om en ziet Sven.
"Kom!" wenkt hij.

42

Langzaam, heel langzaam slentert Sven naar hem toe.
Terwijl hij dichterbij komt, is het toch *alsof papa en mama zich steeds verder van hem verwijderen!*

Hoe kan dat?

*D*e boekenwurm vreet zich te barsten.
Het boekenmonster is op pad.
Wie zegt dat televisie zoveel interessanter is dan
een boek? Wie vertelt zo 'n onzin? Haal hem
hier! Laat hem binnen! Ik trek hem de broek
af. Ik trek hem de sokken uit. Ik bind hem vast
op een stoel. Ik steek een bos stro in brand onder z'n blote voeten!
Er is toch niks mooiers dan een boek!
Ik blijf dus boeken lezen en verhalen vertellen.
Dat van het soldatenkerkhof, bijvoorbeeld. Het
kerkhof is mijn geheime plek. Er staan meters
hoge brandnetels. Er liggen oude matrassen en
roestige ketels en kapotte fietswielen, want de
dorpelingen maken van mijn geheime plek hun
verdomde vuilnisbelt. Maar iéts zijn ze al lang
vergeten! Iéts weten ze niet meer! Dat ze hun

45

rotzooi boven op de kadavers van de paarden hebben gegooid, dàt zijn ze vergeten! Mijn geheime plek is immers het *kerkhof van de paarden*. Dat ze maar wachten! Ooit kom ik met schoppen en houwelen naar die plek. Ooit laat ik een bulldozer aanrukken. Ooit zal ik het geheim doorgronden. Ik wil achterhalen hoeveel paarden er begraven liggen. Ik wil weten waar ze vandaan komen. Ik zal alle geschiedenisboeken in alle bibliotheken verslinden, ik, het boekenmonster. Ik wil weten wie de jonge luitenant was die op zijn vurige hengst over de vlakte draafde. Hoeveel soldaten volgden er zijn spoor? Hoor ik het gehinnik van de paarden? Hoor ik het geroep van de soldaten? Het gekletter van wapens? Hoor ik de schreeuw van de luitenant vlak voor hij sterft?

Als het krijgsgewoel voorbij is, als de lichamen van de paarden en de soldaten roerloos op de vlakte liggen, als de echo's van de kreten weggestorven zijn, dan komen de kraaien aangevlogen. Hun duivelse gekras vult het luchtruim. Met honderden strijken ze neer. Met hun scherpe snavels hakken ze op de treurige, brekende ogen van de paarden. Ze hakken en pikken tot de avond valt. Dan vluchten ze weg in de bossen. Wachten geduldig tot de mist, die 's morgens als een deken over de vlakte hangt, is weggetrokken. Tot de lichamen van de paarden en de soldaten weer zichtbaar worden.

46

Waarom spoken die paarden en die soldaten
weer door m'n kop?

"Svenneke! Het wordt de hoogste tijd dat je
ook àndere dingen doet dan lezen!"
"Ja, papa."
"Waarom ga je niet eens zwemmen?"
"Ja, papa."

Zwemmen?
Er zijn duizenden jongens die niks liever doen
dan zwemmen.
Zwemmen is prachtig.
Zwemmen is zalig.
Je krijgt er sterke armspieren van.
"En, vergeet het niet, zwemmen is goed voor
lichaam en geest."
"Je moet daar niet mee spotten, Sven!"
"Nee, papa."
"Zwemmen is heel wat beter dan altijd maar zit-
ten lezen over krokodillen en hagedissen en
schorpioenen."
"Ja, papa."

Of over slakken.
Hoe lang het duurt voor een mannetjesslak een
wijfjesslak tegenkomt.
En dan moet ze hem ook nog *willen*!

Of over sprinkhanen.
"Ken je de *bidsprinkhaan*, papa?"

"Neen, jongen."
Dan wordt het tijd dat jij de bidsprinkhaan leert kennen.
"Vooral als die wil gaan *paren* wordt het interessant! Of weet je niet dat het wijfje tijdens de paring de kop van het mannetje afbijt?"

Hoe kan papa dat weten? Hij leest toch geen boeken over insekten. Overigens: lang niet àlle wijfjesbidsprinkhanen bijten de kop van het mannetje af. Het gebeurt vooral in gevangenschap, of als de wijfjes ondervoed zijn. Zo staat het geschreven en zo is het. Ik weet het. Ik heb het gelezen. Ik ...

"Sven! Wanneer ga je nu eens éindelijk..."
"Ja, papa. Ik hou al op."

Ik pers mijn lippen op elkaar.
Niks zeg ik nog.
Ik zwijg als het graf.
Als vermoord zwijg ik.
Ik sluit de ogen.
Ik ben *weg*! Ik ben er niet meer.
Horen jullie mij?
IK BEN ER NIET MEER!

Stilte.

"Sven!"
Nee! Ik zeg niks.

48

Ik ben er niet. Ik ben er niet meer. Mama is er ook niet meer.
Mama is weg.
Zeg dàar eens iets over, papa, in plaats van altijd maar over die boeken te praten. Over mama zwijg jij als vermoord. Je perst je lippen op elkaar. Je doet alsof mama van de aardbodem verdwenen is!

"Je weet toch, Sven, dat je altijd naar mama toe mag als je wilt."

Zwijg! Misschien wil ik helemaal niet naar haar toe! Misschien vind ik mama morgen een rotwijf. Ze laat haar jong in de steek. Zelfs een kat pakt haar jong in de muil en vlucht weg als er een aardbeving op komst is.

"Mama wil jou niet verliezen, Sven!"

Dan kan ze wel zeggen.
Maar ze loopt weg.
Ze gaat aan de haal met Vriend!
Ze laat *jou* en *mij* in de steek, papa.
Misschien denkt ze wel dat ik die rotkraaien van de Ardennen vergeten ben? Hoe die krassend over de boomtoppen vlogen. Als ze morgen ergens kadavers van paarden vinden, zullen ze niet aarzelen. Ze zullen er krijsend op afvliegen en met hun snavel erop inhakken en pikken.

"Sven!"

Jaja.

Jij hebt goed praten.

Heb jij goed praten?

Of draven er ook in *jouw* kop paarden rond, papa, en wil je er alleen niks over zeggen?

Denk je dat ik niet zié hoe jij verloren loopt?

Denk je dat ik je niet in jezelf hoor praten?

Denk je dat ik niet weet dat je hele nachten voor de televisie zit?

Jij bent stom, papa.

Jij bent net als alle grote mensen. Die gaan ervan uit dat jongens van bijna elf niks in de gaten hebben. Alsof wij met een blinddoek door het leven gaan. Geloof dat toch niet, papa! Wij zijn als slakken. Wij steken onze voelsprieten uit en tasten de omgeving af. We hebben aan een half woord genoeg. Wij horen aan de klank van een stem of iemand gelukkig is of boos. "Toen ik mama en jou in de Ardennen over dat bospad zag lopen... Toén al wist ik ..."

"Ik zag het wel, jongen."

Dan moet jij toch weten waarom ik een boekenmonster ben geworden? Ik verslind boeken omdat ik wil weten hoe alles in elkaar zit. Waarom zijn vogels zoals ze zijn? Hoe komt het toch dat watervogels onder water net zo goed kunnen kijken als boven water? Waarom hebben vogels geen oren terwijl ze toch verschrikkelijk goed kunnen horen? En waarom zijn eksters

zo trouweloos? Als je één ekster van een koppel doodschiet, vindt de andere binnen twee dagen een partner... Waarom schieten jagers het hele jaar door op eksters? Is het omdat ze in de middeleeuwen een slechte naam hadden? Men geloofde immers dat de eksters het vertikten in de Ark van Noach plaats te nemen. Ze zaten boven op de nok te schateren en te schetteren terwijl de wereld rondom verzoop.
"Wist jij dat de eksters in de middeleeuwen..."
"Ik weet niks over eksters in de middeleeuwen. Ik wil het ook niet weten! Wat schiet je ermee op dat je dat allemaal weet, Sven?"

Niks, papa. Niks.

Maar stel je voor dat het helemaal niet nodig is dat ik boeken lees. Stel je voor dat ik geen verhalen hoef te verzinnen! Stel je voor dat ik als een gewone jongen ga lopen en zwemmen en fietsen en rolschaatsen. Stel je voor dat morgen op school een meisje naast mij komt zitten dat mij lachend aankijkt. Stel je voor dat wij 's avonds samen naar de muziekschool trekken. Wij spelen allebei piano en de leraar zegt: "Goed zo, Sven! Jij zult het nog ver schoppen! Jij speelt ooit nog in het Paleis voor Schone Kunsten te Brussel!" En tegen het meisje zou hij zeggen: "Goed zo, Meisje! Jij zal het ook nog ver schoppen! Jij speelt ooit *samen* met Sven in het Paleis voor Schone Kunsten te Brussel!"

En wij zouden elkaar lachend aankijken en daarna lopen Meisje en ik zingend naar huis.

Mama zou vragen: "Waarom zingen jullie zo vrolijk?"

Ik zou antwoorden: "Mama! Mama! De leraar heeft gezegd dat Meisje en ik ooit samen op het podium van het Paleis voor Schone Kunsten te Brussel zullen spelen!"

"Heeft de leraar dat wérkelijk gezegd, jongen?"

"Ja, mama!"

"Dan willen jullie nu zeker een strooppannekoek?"

En Meisje eet een strooppannekoek en nog een en nog een. En ik eet een strooppannekoek en nog een en nog een. En mama eet drie flinterdunne strooppannekoeken. Wij zitten samen in de keuken. Door de radio klinkt pianomuziek. "Wij spelen véél beter!" zeg ik.

Maar Meisje zegt: "Nee, nee! Wij zullen nog veel pannekoeken moeten eten vooraleer wij zo mooi kunnen spelen als de meneer van de radio."

Mama zegt niks. Mama zit ons glimlachend aan te kijken. Mama likt de stroop van haar pannekoek. Ze schudt haar krullen. Het is net of ze elk ogenblik in zingen kan losbarsten. Ik weet zeker dat op de hele wereld geen betere, mooiere, lievere mama te vinden is. En na het eten gaan Meisje en ik samen ons huiswerk maken. Meisje kan goed rekenen. Meisje kan goed tekenen. Meisje vergeet altijd dat Wenen de

hoofdstad van Oostenrijk is. Meisje kent veel beroemde kunstenaars, maar weet niet in welk land ze geboren werden. Als het huiswerk af is, loop ik met Meisje naar haar huis. Eerst zwijgen we. Dan zegt Meisje: ''Lekkere strooppannekoeken waren het!''
''Ja. Mijn mama bakt de lekkerste strooppannekoeken van de wereld.''
Daar is het huis van Meisje. Heel onverwacht pakt ze mijn hand en drukt er haar vingernagels in.
''Tot morgen'', zegt ze.
''Tot morgen'', zeg ik. Beduusd kijk ik naar mijn hand. Dan loop ik neuriënd naar huis.
''Meisje is lief'', vindt mama.
''Dat weet ik. ''
Meer zeggen we niet.

Als het niet nodig was dat ik boeken verslond, dan ging ik alle dagen naar Meisje.
''Hier ben ik weer'', zou ik zeggen.
En tegen mama:
''Jij *ruikt* lekker!''
Ik zou nog altijd niet weten of ik zeep rook of gewoon mama.

Alleen.
Het is *wèl* nodig dat ik boeken verslind!
Het is *wèl* nodig dat ik verhalen verzin!

M a m a   i s   w e g.

6

H et is stil in huis en het stinkt.
Sven denkt: wat ruik ik toch?
Papa wacht tot mama buiten is. Dan zegt hij:
"Soir de Paris is het. Parfum. Mama gebruikt
parfum."
"Zo", zegt Sven, "Swaardeparie."

Sven kan wel huilen. Vroeger rook mama
naar zeep of naar mama. Nooit naar Swaardeparie. Vroeger liep mama met hem langs het
strand. Er was alleen de geur van zeewier en
water en zweet. En 's avonds, als mama nog
even op de slaapkamer kwam, keek ze Sven
diep in de ogen. Ze boog zich over hem heen.
Hoe lekker ze rook!

"Waarom ben je zo stil, Sven?" vraagt papa.

"Zomaar", zegt Sven.

Maar dat is gelogen. Ik ben niet 'zomaar' stil. Ik ben stil omdat mijn keel zit dichtgesnoerd. Omdat ik naar mama kijk en haar droevige ogen zie. Waarom zijn haar ogen zo droevig? Waarom stinkt ze naar Swaardeparie?

Ik wil dat mama liedjes zingt, denkt Sven. Ze moet weer vrolijk lachen. Ze moet opeens zeggen: "Morgen gaan we naar zee!" En aan de zee lopen we weer langs het strand. En mama heeft haar rok opgeschort. Er komt een hoge golf. Haar broek is nat! Haar broek is nat! Mama lacht. Mama schudt haar krullen. Mama danst in het water. Mama zegt: "Wil je een ijsje, Svenneke?" We eten ijs. En als het ijs op is, lopen we door de duinen. Eerst rennen we om het snelst. Maar het zand is mul en we komen haast niet vooruit. Wij blijven klimmen tot we boven op de duintop staan. Mama hijgt. Ze lacht. Ze zegt:"Wacht even, Svenneke! Ik ben moe."
Samen kijken we naar de zee in de verte. Het water blinkt. De meeuwen zijn dansende, wervelende stipjes. Schreeuwen ze? Kunnen we ze horen tot op de duintop?

Ik wil dat mama liedjes zingt. Van "Zeven paarden voor een wagen. Had ik een stok, ik zou ze jagen..."

56

Ik wil mama's stem horen. Ik wil niet dat ze zwijgt*!*
Ik wil dat ze bij mij blijft.
Bij mij blijft.

Maar ze loopt weg! Ze stinkt naar Swaardeparie.
Ze kijkt me aan met haar grote, droevige ogen.
Soms is het of ze iets wil zeggen.

Ik wil het niet horen.
Ik wil dat mama op kousevoeten door de kamers loopt. Ze neuriet. Ze schudt haar krullen. Ze leest de krant. Ze kijkt televisie. Ze is er! Ze is *er!*
"Ga je mee naar buiten, Sven?" vraagt ze.
Overal fluiten vogels. Er hangt een blij, helder licht tussen de bomen. Boven onze hoofden drijven grote witte wolken voorbij. Wij kijken ernaar met half dichtgeknepen ogen.
"Daar!" wijst mama, en ze bukt zich. "Een heks!"
Ik hoor haar adem.
Mama praat.
Mama neuriet.
Mama zingt.
Mama is de liefste mama van de wereld. Ik wil bij haar zijn als het zomer wordt. Nu moeten de bomen nog helemaal uitlopen. Nu kan het de ene dag heel warm en de volgende dag heel koud zijn. Soms valt er in april nog sneeuw.

Maar straks is het zomer! Dan draagt mama vrolijke, lichte kleren. Dan schopt ze haar schoenen uit en loopt blootsvoets over het gras. We lopen samen blootsvoets over het gras! "Kijk", zegt mama, "kevertjes!" We zitten gehurkt naast elkaar. Mama vangt een sprinkhaan. Heel even zit hij roerloos op haar handpalm. Prachtige, bolle ogen. Beweeglijke sprieten. Lange achterpoten. Hop! Met een krachtige sprong belandt hij wel twee meter verder in het gras.

Wég! De sprinkhaan is weg.

Mama is er. Mama stinkt naar Swaardeparie.

"Svenneke! Kom je mee naar de stad?"
"Nee, papa."
"Waarom niet, jongen?"
"Ik blijf liever hier."
"Toe! Kom toch mee!"
"Nee! Ik blijf hier!"
"Zoals je wilt. Maar beloof me dan dat je een paar rondjes door het park zult lopen."
"Oké. Beloofd."

"Ga je in het park lopen, Svenneke?"
"Ja, mama. Ik heb het papa beloofd."
"Dat is goed, jongen. Je hoeft je niet te haasten, hoor!"
"Nee, mama."

58

Het pàrk!
Wie loopt er nu in het park?
Ik heb helemaal geen zin om in het park te lopen. Ik vertik het!
Ik ga op de bank aan de vijver zitten.
Zwemmen er vissen in het water? Er komen vier dikke ganzen aanwaggelen. Net vier schommelende madammen. En twee zwanen met een hals als een wiebelend vraagteken. Het is stil in het park. Drie kleine eenden stuiven met klapperende vleugels rakelings over het water.
Wat doé ik hier in 's hemelsnaam, denkt Sven. Rondjes lopen!
Alsof rondjes lopen in het stadspark het opperste geluk is voor een jongen die zijn mama begint te haten. Hoe die altijd in een wolk van Swaardeparie rondloopt!
Ik ga naar huis, denkt Sven. Het park kan me gestolen worden!

Hij struikelt bijna over de ganzen. Die slaan wild met hun vleugels en vluchten kwekkend weg.
Sven rent zo vlug hij kan. Langs het huis staat een blauwe auto. Van wie zou die zijn?
Als hij de klink van de achterdeur vastneemt, hoort hij stemmen.
Hoe kan dat? Papa is toch naar de stad?
Voorzichtig opent hij de deur. De stemmen komen uit de keuken.

"... toch liever niet dat jij hier komt..."
Dat is de stem van mama.
"... niet eeuwig blijven duren..."
Een man. De stem van een man.
Sven aarzelt.
Het is stil in de keuken. Dan klinkt er licht gestommel. De keukendeur staat op een kier. Voorzichtig duwt Sven ze verder open.
Hij ziet mama.
Hij ziet een man.
Ze houden elkaar vast.
Ze kussen elkaar.
Mama steekt haar tong in de mond van de man.
Haar tong is rood en puntig.

"M A M A!" gilt Sven.
Mama schrikt hevig. De man kijkt verrast naar Sven.
Ze laten elkaar los.
"Svenneke!" roept mama.
Maar Sven luistert niet.
Hij loopt naar buiten.
Straat in straat uit rent hij.
Hij kijkt niet om.
Komt zonder dat hij dat wil toch weer in het park terecht. De ganzen zijn er nog. De zwanen ook. Sven zinkt neer op de bank. Hij hijgt. Hij kijkt naar het water, maar ziet de eenden niet die rondjes zwemmen.

Sven blijft op de bank zitten tot het donker wordt.
Dan slentert hij naar huis.
Papa en mama zitten in de keuken.
"Dag jongen", zegt papa.
"Dag Svenneke", zegt mama.
Sven zegt niets.
Hij gaat naar zijn kamer. Met zijn kleren en zijn schoenen aan laat hij zich op zijn bed neervallen.
Geluidloos begint hij te huilen.

7

*E*r komt een tijd dat Sven nauwelijks nog
weet of het dag is of nacht.
Papa neemt hem mee naar de stad. Ze zwerven
door straten en stegen. Komen aan de haven.
Ze kijken naar de grote schepen. De kranen. Er
vliegen meeuwen.
Sven ziet ze nauwelijks.
"Kom", zegt papa. Hij stapt een café binnen.
"Wat wil je drinken, jongen?"
Sven weet het niet. Ja, limonade is goed.
Papa drinkt koffie. Hij neemt de gloeiend hete
kop tussen zijn handen. Alsof de koffie zijn ziel
moet verwarmen.
Er staat een ouderwetse juke-box in het café.
Een meisje met rood, springerig haar en hoge
hakken laat een donkere mannenstem een zee-
manslied zingen. De muren trillen want de

juke-box staat keihard. Toch is het alsof Sven
het lied gedempt hoort. Hij staart naar het meisje zonder haar te zien. Hij kijkt naar papa en het
is alsof hij met een vreemde aan tafel zit.
"Sven!" zegt papa.
"Ja?"
"Je bént er toch nog!"

Stomme papa.
Weet je niks anders te verzinnen?

's Avonds thuis.
"Wat ga jij vanavond doen, papa?"
"Hm. Weet ik niet. De krant lezen."
"En daarna?"
"Televisie kijken."
"En daarna?"
"Niks. Gaan slapen. Waarom vraag je dat?"
"Zomaar."

Stilte.

"Komt mama nooit meer terug, papa?"
"Dat weet ik niet, jongen."
"Wat dénk je?"
"Ik denk dat ze nooit meer terugkomt."
"En je zegt dat ze nog altijd..."
"Ja. Ze houdt nog altijd van jou, Sven."
"En toch komt ze niet terug."
"Nee."
"Hoe kan dat dan?"
"Ach, jongen."

64

Papa zwijgt.

Sven zwijgt ook. Maar diep in hem schreeuwt een stem!
"Het kàn niet waar zijn!"
Morgen of overmorgen komt mama terug, denkt Sven. Ze zal niet langer naar Swaardeparie ruiken. Ze zal weer lachen en zingen. "Kom mee", zal ze zeggen, en wij rennen weer net als vroeger samen naar buiten. 's Avonds zal ze weer liedjes zingen.
En ik vraag: "Staan er al sterren, mama?"
"Ja, Svenneke!"
"Hoeveel?"
"Miljoenen sterren!"
"Hoeveel is dat, miljoenen?"
"Veel meer dan wij ooit in ons hele leven kunnen tellen."
"Zoveel?"
"Zoveel! En nog veel meer!"
"Staat de maan ook aan de hemel?"
"Ze staat er!"
"Is ze rond?"
"Rond en vol. Misschien worden er vannacht veel kinderen geboren."
"Waarom vannacht?"
"Omdat de maan vol en rond is."
"Was de maan ook rond en vol toen ik geboren werd?"
"Ja, Svenneke!"
"Was je blij toen ik geboren werd?"

"Malle jongen! Natúúrlijk was ik blij! En papa ook!"

Dat zal mama zeggen als ze hier morgen of overmorgen komt binnenwandelen. Ik zal zwijgen over Vriend. Ik zal doen alsof ik mama en Vriend nooit betrapt heb in de keuken. Ik zal tegen papa zeggen dat hij Vriend ook moet vergeten. Wij zwijgen allebei als vermoord, papa en ik. Misschien heeft mama dan na een tijdje geen droevige ogen meer. Misschien zal ze weer hardop lachen.
Misschien vraagt ze: "Weet je nog, Svenneke, toen we samen aan zee waren? Wij liepen in het water en opeens kwam er een hoge golf en..."
"Jaja! Ik weet het nog mama. Jouw broek was nat! Jouw broek was nat!"
We zullen schateren, mama, papa en ik. Misschien stelt papa voor om weer naar de Ardennen te gaan als het winter wordt. Wij gedrieën. Papa en mama lopen gearmd voorop. Ik volg op een paar passen en kijk naar de bomen. Hoe mooi de sneeuw alle takken tekent! En soms - roetsjroetsjroetsj - glijdt een vracht sneeuw naar beneden . Papa en mama blijven staan. Ze lachen. Ik lach.
's Avonds droom ik van eksters. Ze zitten op de nok van het huisje. Ze schetteren en schateren terwijl er rondom miljoenen sneeuwvlokken wervelen en dansen. En niemand van ons zal nog aan Vriend denken. Vriend is verban-

nen. Vriend is er nooit geweest. Vriend? Hoezo Vriend? Wat voor Vriend? Je gaat me toch
niet vertellen dat er ooit sprake is geweest van
Vriend? Wij kennen Vriend niet. Mama zal ook
zweren dat ze Vriend nooit heeft ontmoet. De
haan mag driehonderdduizend keer kraaien,
nog zal mama zeggen: "Vriend? Wie is Vriend?
Ik ken geen Vriend."

"Svenneke!"
"Ja, papa?"
"Niet zo piekeren."
"Ik pieker niet."
"Waaraan denk je?"
"Nergens aan."

Stilte.

"Willen we een eindje gaan wandelen?"
"Nee, papa."
"Waarom niet?"
"Ik wil niet wandelen."
"Het zou je goed doen."
"Misschien."
"Zeker!"
"Als jij het zegt..."

Als ik zou wandelen, zou het niet met jou zijn,
papa. Ik wil met *Meisje* wandelen, of met *Mama.* Meisje stelt niet zulke stomme vragen als
jij. Meisje praat als ze moet praten. Meisje zwijgt

als ze moet zwijgen. Meisje zingt als er niet te praten of te zwijgen valt. Meisje zingt vreemde liedjes. Meisje zingt Duitse liedjes. Meisje heeft die liedjes van haar mama geleerd. Meisje zingt: *"Wann ich schon schwarz bin, D'Schuld ist nicht mein allein, Schuld hat mein Mueter ghabt, Weil sie mich nicht gwaschen hat."*
Mama van Meisje heeft het liedje op de Duitse radio gehoord. Meisje zegt: "Mama kent nog veel méér oude liedjes!"
Ik zeg: "Mijn mama kan ook goed zingen. Ze kent véél liedjes. Wel duizend!"
Meisje en ik lopen zingend door de straat. De mensen blijven staan. Ze kijken naar ons. Ze lachen. Ze denken: wat een vrolijk stel! Wij zingen nog luider. Onze liedjes weerkaatsen tegen de huizen. Ze tuimelen terug in de straat.
"Misschien word ik later wel liedjeszanger!" zeg ik.
"Ik zal een groot orkest hebben met een piano, vijf violen, drie gitaren en een contrabas. Wij zullen in het hele land optreden. Elke avond in een andere stad. Er hangen overal affiches met mijn naam in REUZENletters. Ik zing de pannen van het dak. Ik zing zo verschrikkelijk mooi dat de mensen tegen elkaar zeggen:" De tranen springen me in de ogen, zo mooi zingt die jongen!" Aan het applaus komt geen einde. Ik sta daar maar. Ik buig. Ik steek mijn handen omhoog. Ik loop naar de microfoon.

Ik zeg: "Stil maar, mensen! Stil! Volgend jaar kom ik terug!" Maar de mensen blijven roepen. "Bis! Bis! Bis! Bis!" Ik zing nog drie liedjes. Dan houd ik op. Ik ga naar de kleedkamer. Die staat vol bloemen. Mensen trommelen op de deur. Ze willen een handtekening.
Dan zie ik *mama* opeens.
"Dat jij ook gekomen bent!" zeg ik.
"Natuurlijk ben ik gekomen, malle jongen!"
Als iedereen weg is, lopen mama en ik nog even naar het theater. De technici zijn druk in de weer met kabels en spots. Mama en ik staan naast elkaar op het podium. Wij kijken naar de lege stoelen. Mama lacht.
"Nu kan ik overal vertellen dat ik naast de befaamde zanger SVEN op de planken heb gestaan", zegt ze.
We gaan de stad in. Willen wat eten. In een klein restaurant zitten we tegenover elkaar. Opeens komt de baas naar ons tafeltje.
"Maar... Jij bent SVEN!" roept hij.
Ik knik.
"En dit is mama!" zeg ik.
De baas klapt in de handen. Er komt een ober.
"Jullie eten op mijn kosten", zegt de baas. "Kies maar uit!"
De ober geeft Sven een bruine lederen map. Daarin staan, in fraai handschrift, allerhande ingewikkelde gerechten opgesomd.
"Ik wil mosselen met friet", zegt Sven aarzelend.

Mama lacht.
"Ik ook!" zegt ze. "Ik ook."

"Svenneke!"
"Ja, papa?"
"Je droomt!"
"Ik droom niet!"
"Je droomt wél!"
"Goed dan. Ik droom."

Stilte.

Weet papa eigenlijk wel wat dromen *is*? Weet hij dat ik 's avonds nauwelijks nog naar bed durf? Weet hij welke dromen 's nachts door mijn kop spoken? Natuurlijk weet hij dat niet.

"Zou je niet gaan slapen, Sven?"
"Nu al, papa?"
"Ja, jongen. Het is laat genoeg."
"Maar ik zou nog graag..."
"...wat lezen? Morgen, Sven, morgen is er nog een dag. Ga nu maar slapen."
"Goed. Goedenacht, papa."
"Goedenacht, jongen."
Buiten is het donker en koud.
Sven kruipt diep onder de dekens. Hij sluit de ogen.
Eerst ziet hij niets. Dan is het alsof overal vlammen dansen. Rode en oranje vlammen. Sven ruikt het vuur. Hij hoort de vlammen knette-

70

ren. Het is opeens verschrikkelijk warm. Dan zijn de vlammen weg. Het geknetter houdt op. Sven is alleen in een zomers landschap. Overal bloeien gele en paarse bloemen. Ze wiegen met hun kop. Ze geuren. Opeens ziet Sven heel in de verte een bewegende stip. Daar komt iemand aangestapt. De stip wordt groter. *MAMA!* Het is *mama*! Sven veert overeind. Hij danst. Zwaait met de armen. "Mama!" roept hij. "Mama!"

Mama komt steeds dichterbij. Ze wordt groter en groter. Ze stapt en ze stapt en ze kijkt strak voor zich uit.

"Mama!" roept Sven weer.

Maar in een wolk van stank stapt mama hem voorbij. Swaardeparie, denkt Sven. Hij kijkt nu tegen de rug van mama aan. Kleiner en kleiner wordt ze. Héél klein! Piépklein! Dan komt er opeens een grote vogel aangevlogen. Verschrikt kijkt Sven hem na. Misschien denkt de vogel dat mama een konijntje is of een veldmuis? "*MAMA!* schreeuwt Sven. "*MAMA!*"

Papa komt aangehold.

"Wat *is* er toch, jongen?"

"Ik droomde..."

"Wat droomde je?"

"Mama. Ik droomde dat mama..."

"Wat was er met mama?"

"Er was een vogel."

"Een vogel?"

"Ja. En mama. Ik..."
"Kom, jongen. Ga maar weer slapen."
"Jij begrijpt het niet, papa."
"Wat begrijp ik niet?"
"Die vogel. Mama."
"Kom. 't Is voorbij. 't Was een droom."
"Ja, papa."

Voorbij?
Is het voorbij?

8

H et is herfst.
Mama en papa spreken nauwelijks nog met elkaar.
Als ze spreken, maken ze ruzie.
Sven schrikt telkens hevig.
En hij is bang.
Verschrikkelijk bang.
Misschien wordt papa straks zo kwaad dat hij gaat slaan.
Misschien gaat mama met de borden gooien.
Misschien...

Ik loop weg, denkt Sven. Ik wil niet blijven waar altijd ruzie is. Maar hij loopt niet weg.
Als mama eventjes met hem alleen is, zegt ze: ''Svenneke!''
Sven doet alsof hij dat niet hoort.

Mama dringt aan.
"SVENNEKE!" zegt ze.
"Wat is er?"
"Ik wil jou iets vertellen."
"Ik hoef het niet te weten."
"Toe, jongen."
"Nee! Jij stinkt naar Swaardeparie!"

Mama zwijgt.
Sven loopt wrokkig de deur uit.

Wat moet mama hem vertellen? Eigenlijk is Sven daar wel benieuwd naar, maar hij wil het niet laten merken.
Hij loopt de straat op, richting park.
Papa en mama moeten bij elkaar blijven, denkt Sven. Ik wil dat ze geen ruzie meer maken. Dat we deze winter weer samen naar de Ardennen gaan. Dan moeten ze gearmd over het bospad lopen en praten en lachen. Ik wil niet dat ze ruzie maken!

Misschien is het wel mijn *schuld? Zeg me wat ik moet doen, papa, om het weer goed te maken. Zeg me wat ik moet doen, mama! Zeg het me! Ik zal elke avond zonder morren gaan slapen. Ik zal, als jullie dat nodig vinden, elke dag twintig rondjes lopen in het park. Ik zal altijd mijn boterhammen helemaal opeten. Ik zal... Ik zal... ZEG me toch wat ik moet doen! Zég het!*

*In het park waggelen ganzen op het pad langs
de vijver.
Stomme beesten! denkt Sven.
Hij blijft naar de eenden op de vijver kijken.
De bomen rond het water verliezen hun bla-
deren. Sven ziet hoe ze wervelend vallen. Het
is bijna donker als hij eindelijk terug naar huis
gaat.
Mama zit in de keuken. Ze wacht tot Sven bin-
nen is. Dan zegt ze:
"Svenneke! Ik wil dat je naar mij luistert!"
Sven kijkt haar vragend aan.
Mama heeft bleke wangen. Diepe rimpels trek-
ken groeven in haar voorhoofd. Haar ogen
staan droevig.
"Svenneke", zegt mama, en haar stem breekt.
"Ik ga weg."
Sven zegt niets. Hij kijkt naar mama's voeten.
"Ik ga weg", herhaalt mama.
"Weg?"
"Ja."
"Ga je naar Vriend?"
"Ja."
"Wanneer?"
"Straks."*

*Mama wil haar hand op Svens schouder leg-
gen, maar Sven gaat twee stappen achteruit.
"Svenneke!"*

Ik wil het niet horen, denkt Sven.

Hij klemt zijn lippen op elkaar.

"Ik ga weg maar ik blijf jou graag zien, Sven-neke."

Stilte.

"Hoe kan dat?" vraagt Sven dan.
"Ik wil bij Vriend wonen, maar ik wil jou niet verliezen."
"Hoe kan dat?"
"Het kan. Misschien begrijp je het nu nog niet."
"Ik begrijp er niets van."

Stilte.

Dan zegt Sven:
"Ga je straks weg?"
"Ja, jongen."
"Naar Vriend?"
"Dat zei ik toch."
"Ga je ècht weg?"
"Ja. Je mag meekomen of bij papa blijven."
"Ik ga niet naar Vriend!"
"Dat begrijp ik."

Stilte.

Sven hoort een snik in mama's stem. Heel even kijkt hij haar aan. Hij schrikt van haar

76

droevige ogen. Mama! denkt hij. Maar hij zegt niks. Hij trekt de schouders op en loopt naar zijn kamer. Hij schuift de overgordijnen opzij en kijkt naar buiten. Het is helemaal donker. Het waait hard. Opeens springt de maan achter de wolken te voorschijn. Het is alsof ze grinnikend in volle vaart langs de hemel schiet. Mama! denkt Sven.

MAMA!

*B*ijna nieuwjaar. De dag begint grauw en koud. Later hangt er sneeuw in de lucht.
Het huis is veel te groot voor papa en Sven. De kamers zijn kil. Op het aanrecht in de keuken staan borden met aangekoekte etensresten. De vloer ligt vol broodkruimels.
"Wil jij stofzuigen, Sven?"
Nee, denkt Sven, dat wil ik niet. Maar hij doet het toch.
Papa loopt de trap op. Komt terug naar beneden. Gaat naar buiten. Komt terug binnen. Neemt de krant. Smijt ze weg.
Hij zucht.
Dan zegt hij: "Zullen we een paar dagen met vakantie gaan, Sven?"
Nee, denkt Sven. Niet met vakantie! Niet alleen met papa in een vreemd huis.

"Naar de Ardennen, bijvoorbeeld. Tenminste als er nog iets vrij is."

Sven antwoordt niet.

De Ardennen. Misschien is dat inderdaad beter dan dit huis, waar alles hem voortdurend aan mama doet denken.

Papa telefoneert. Eerst zijn er nergens nog kamers. Maar papa houdt vol. Hij draait het ene nummer na het andere.

"Oui, monsieur. Pour deux personnes", zegt hij. En tegen Sven: "Je zal zien dat er plaats is!"

"Oui, monsieur. Certainement, monsieur. Demain matin? Merci bien!"

"Morgenochtend verwachten ze ons", zegt papa.

Sven knikt.

Eerst doen ze samen de afwas. Dan gaan ze de kamers rond met emmer en dweil. Ze zemen de ramen. Het hele huis ruikt naar zeep en amoniak.

Nergens stinkt het nog naar Swaardeparie, denkt Sven. Het is alsof ze mama met borstel en dweil het huis hebben uitgedreven.

Als ze de volgende morgen wegrijden, is het nog bijna donker. Het heeft lichtjes gesneeuwd, maar de weg is niet glad. Er zijn haast geen auto's. Langzaam wordt het licht. Over de velden en weiden hangen sluiers van mist. Er staan, ondanks de sneeuw, koeien en schapen in de weide. Soms lijkt het alsof ze geen buik en geen poten hebben. Alleen hun koppen steken boven de mistlaag uit.

Het is nog geen negen uur als ze aankomen. Het piepkleine huisje duikt weg tussen de bomen op de heuveltop. Het heeft maar twee kamers. Verderop staan er nog huisjes. Die zijn groter. Papa haalt de koffers en de rieten mand met brood en vlees uit de auto. Sven ziet hem sjouwen.

Later op de dag slenteren papa en Sven wat rond. Er zijn veel vakantiegangers. Sven ziet een vrouw met een baby. Zij lacht naar het kind. Beneden in het dal ligt het dorp. Een kerk, drie straten, twintig huizen. En overal weiden.

Het begint te sneeuwen.
Sven en papa zitten voor het raam. Ze kijken naar de dansende vlokken. Naar de wandelaars tussen de bomen.
Sven denkt: wat doén we hier in 's hemelsnaam?
Hij kijkt naar papa.
Die staart somber voor zich uit.
"Va-kan-tie!" zegt Sven halfluid. Hij huivert.

Het duurt lang voor het avond is. Het sneeuwt niet meer. Hoog aan de hemel staat de witte maan. Haar licht weerkaatst op de besneeuwde bomen, huizen, velden, weiden. Alles is wit en roerloos. Het wordt niet echt donker.

Papa en Sven eten een boterham. Ze zitten zwijgend naast elkaar.
Moeten we zo ver rijden om in de Ardennen zonder iets te zeggen een boterham te eten, denkt Sven.
"Zullen we vroeg gaan slapen?" vraagt papa. "Morgen maken we een lange wandeling."
Je zegt het maar, denkt Sven verbitterd.

Er staat maar één bed in de kamer. Daar moeten ze dus samen in slapen.
"Ik ben vreselijk moe", zegt papa.
Nauwelijks vijf minuten later snurkt hij.
Sven ligt op zijn rug. Hij sluit de ogen. Uit het niets duikt het gezicht van mama op. Ze lacht. Ze schudt het hoofd. Haar krullen dansen. Haar ogen glanzen. Ze ruikt naar zeep, denkt Sven. En opeens voelt hij zich vreselijk verdrietig. De tranen springen hem in de ogen. Zijn keel zit dicht. Mama. Waarom ging je weg?
Sven hoort papa snurken. Hij balt de vuisten. Hoe kan hij slapen, terwijl mama...
Hij gaat rechtop zitten. Voorzichtig schuift hij de dekens opzij. Hij stapt het bed uit. Papa slaapt verder. Ik sla hem! denkt Sven. Maar hij doet het niet. Hij trekt zijn broek en zijn sokken aan, zijn laarzen, zijn trui, zijn jekker. Buiten! Hij wil naar buiten. Knarsend draait de deur

82

open. Sven glipt naar buiten en duwt de deur zachtjes weer dicht. Weg, denkt hij. Ik wil weg.

Het is koud. Sven blijft verrast staan. Zijn ogen moeten wennen aan het vreemde, witte licht dat op het pad en tussen de bomen schijnt. Hij stapt langzaam voort. Hij vraagt zich niet af waar hij naartoe wil. Hij is ook niet gehaast. Hij denkt aan mama.
Het pad leidt naar de top van de heuvel. Sven klimt helemaal naar boven. Dan kijkt hij naar beneden. Daar twinkelen lichtjes. Hij begint de heuvel af te dalen. Als mama hier was... denkt hij. Maar ze is er niet. Ze is bij Vriend. Ze lacht naar hem. Ze kust hem. Vriend...
"Ik haat hem", zegt Sven. Hij schrikt van zijn stem.
Links en rechts van het pad blinken besneeuwde weiden. Sven hoort geblaat van schapen. Hij kijkt naar de maan. Wandelt ze mee? Als mama nu ook naar de maan keek...
Sven balt de vuisten in de zakken van zijn jekker. Hij is woedend en verdrietig tegelijk. Hij loopt nu tussen de boerderijen in het dal. De schuren en de houtstapels steken boven de woonhuizen uit. Zijn voetstappen klinken gedempt in de sneeuw. Af en toe hoort hij woedend geblaf van een hond. Het pad voert naar de kerk. Die staat op een hoogte, tussen besneeuwde grafzerken. Sven ziet de ovalen foto van een jonge vrouw.

Hij loopt het dorp uit. In de verte rijst een rij hoge bomen op. De weg slingert tussen de weiden. Sven hoort nu dichtbij het geblaat van schapen. Hij blijft staan bij het houten hek van een weide. Van overal komen er schapen aangelopen. Hun gemekker klinkt haast vrolijk. Ze kijken hem trouwhartig aan. Alsof ze zeggen willen: "Kom bij ons! Kom bij ons!"

Sven aarzelt. Dan klimt hij over het hek. De schapen mekkeren nog vrolijker. Het is alsof Sven in een stoet wordt opgenomen. In de verste hoek van de weide staat een grote schuur. De schapen stevenen er recht op af en nemen Sven mee. De grote poort staat open. Hop! De hele stoet verdwijnt in de schuur. Daar is het warm. Een ladder leidt naar de hooizolder. Overal hangt een zerpe geur van wol en uitwerpselen. Sven kijkt naar de schapen. Hij lacht. Langzaam beklimt hij de ladder. Af en toe draait hij zich om. De schapen heffen hun kop en volgen hem met hun blinkende ogen. Ze mekkeren zonder ophouden. Sven kruipt op de zolder. Daar hangt een prikkelende geur van dor gras. Hij leunt over de rand. De schapen kijken hem vol verwachting aan.

Hooi! denkt Sven. Dat willen ze. Hij smijt grote balen naar beneden. De schapen storten er zich gretig op. Meteen houden ze op met blaten. Ze vreten het hooi en hollen daarna naar buiten.

Sven kruipt haast helemaal weg in het hooi. Alleen zijn gezicht en zijn handen zijn nog zichtbaar. Hij sluit de ogen. Heel even is het alsof hij vredig zal inslapen. Maar dan komt het verdriet terug. Waarom ben ik alleen? Waarom snurkt papa als ik niet kan slapen? Waarom is mama weg? Zelfs de schapen waren alleen maar vrolijk omdat ze op hooi uit waren...
Het is stil in de schuur. En warm. Sven wordt loom en slaperig. Hij doezelt weg. Loopt hij met papa en mama onder de bomen? Kussen ze elkaar? Of is het volop zomer en zitten ze samen op een terras? Ze eten ijsjes. Mama likt. Haar tong is rood en puntig. Dan hoort Sven het geklater van duizenden beekjes. Ze monden allemaal uit in een grote, schitterende rivier. Papa staat aan de oever.
"Kom!" roept hij. "We gaan varen!"
Hij helpt mama en Sven in de motorboot, gooit het touw los, kruipt achter het stuur, zet de motor aan, en hop! Daar schiet de boot, op en neer wippend, over het water. De bomen op de oevers vliegen in sneltreinvaart voorbij. Mama schudt haar krullen. Sven kijkt naar papa. Die draait zich om. En opeens...
Sven ziet dat niet papa maar *VRIEND* achter het stuur zit! Mama kijkt naar Vriend. Lacht naar hem. Kust hem. Sven springt overeind.
"Rotmama!" schreeuwt hij.
Hij blijft schreeuwen.

Van overal komen er schapen aangelopen. Ze blaten en mekkeren.

Dan weerklinkt opeens nog luider geroep.

"*Sven*! Svenneke! Waar ben je?"

Het is papa. Hij staat tussen de schapen. Hij kijkt naar de hooizolder. Holt naar de ladder. Klimt erop.

"Svenneke, menneke", zegt hij. Hij neemt Sven bij de schouders. Drukt hem tegen zich aan.

"Papa!" zegt Sven verbijsterd. "Waar kom jij opeens vandaan?"

"Ik werd wakker. Ik zag dat jij verdwenen was en ging je zoeken."

"Hoe wist je waar ik..."

"Ik wist het niet. Maar ik volgde jouw voetsporen in de sneeuw. Eerst kwam ik bij de kerk. Toen hoorde ik de schapen. Jouw voetstappen leidden naar het hek."

"En je zag de schuur?"

"Ja."

Stilte. Dan vraagt papa:

"Waarom blaten de schapen zo?"

"Ze willen hooi."

Papa laat Sven los. Hij gooit grote balen hooi naar beneden. De schapen beginnen te vreten. Ze worden rustig.

Papa kijkt rond.

"Wilde jij hier slapen?" vraagt hij.

"Ik werd opeens moe."

"Kom."
Ze kruipen dicht naast elkaar in het hooi. Eerst zwijgen ze. Ze horen alleen de schapen die zonder ophouden verder eten. Dan zegt papa: "Ik ben blij dat ik je gevonden heb."
"Als het niet had gesneeuwd..."
"Tja, dan..."

Stilte.

"Waarom ben je naar hier gekomen, Sven?"
"Ik was kwaad."
"Op mij?"
"Ja."
"Waarom?"
"Jij lag te snurken terwijl ik niet kon slapen."
"Daarom?"
"Ja."
"Ik heb ook veel nachten niet geslapen, Sven."
"Daar heb ik nooit iets van gemerkt."
"Dat weet ik."

Stilte.

"Ben je nog boos?"
"Nee."
"Ben je moe?"
"Ja."
"Wil je slapen?"
"Nee."
"Wil je dat ik over mama spreek?"
"..."

Ze kruipen dichter bij elkaar. Het hooi kriebelt Sven in de nek en op de handen. Beneden hebben de schapen alles opgevreten. Ze lopen terug naar buiten. Het wordt heel stil in de schuur. Sven en papa horen elkaars ademhaling. Sven sluit de ogen. Zegt dan hard:
"Mama is weggelopen."
Het duurt even voor papa antwoordt.
"Ze is niet weggelopen. Ze is..."
"Ze is weg!"
"Ja. Maar ze is niet van jou weggelopen. Ze woont niet meer bij ons. Dat is waar."
"Ze is weg."
"Jij kan altijd naar haar toe."
"Ze is bij Vriend."

Stilte.

"Ik wil naar mama. Niet naar Vriend."
Sven zegt het haast fluisterend. Hij kruipt nu heel dicht tegen papa aan. Die slaat zijn arm om hem heen. Ze voelen elkaars warmte.
"Komt mama nooit meer terug?"
"Dat weet ik niet."
"Wil jij dat ze terugkomt?"
"Nu niet. Later. Misschien."
"Maar *waarom* is ze weggegaan?"
"Ze is verliefd op Vriend. Ze houdt van hem."
"Meer dan van ons?"
"Meer dan van mij."
"Ben jij dan niet boos?"

"Ik was het. Ik ben het nog. Af en toe."
"En verdrietig."
"Dat vooral."

Stilte.

"Waarom haal je mama niet terug naar huis?"
"Moet ik haar dwingen?"
"Nee. Dat zal wel niet."

Stilte.

"Sven..."
"Ja?"
"Je zult het de komende jaren niet gemakke-
lijk hebben."
"Ik..."
"Toch mag je niet denken dat mama jou in de
steek heeft gelaten."
"Ze is weg!"
"Ja, maar ze wil jou niet verliezen."
"Waarom blijft ze dan niet bij ons?"
"Ze wil jou én ze wil Vriend."
"Dat begrijp ik niet."

Stilte.

Het is nu echt warm in het hooi. Buiten is het
nacht. Aan de hemel staat de maan. Haar stra-
len doen de sneeuw glinsteren.

"Mama kon mooi zingen", zegt Sven.
"Weet je nog wàt ze zong?"

"Nee. Of toch. Ik heb eens gedroomd dat ik in een televisiestudio werd geïnterviewd. De reporter vroeg of ik ook liedjes kende."
"En?"
"Toen heb ik het liedje van de Zeven Paarden gezongen."
"Zing het eens voor mij?"
"Nee."
"Kom! Zing het!"
"Goed dan."

Sven schraapt de keel. Dan zingt hij zacht:
"Zeven paarden voor een wagen.
Had ik een stok, ik zou ze jagen.
Had ik een zweep, ik zou ze slaan.
Dat ze de hoge berg opgaan.
Hoge bergen, diepe kuilen.
Niemand kan de dood ontschuilen."
Papa drukt Sven steviger tegen zich aan. Dan zingt hij met diepe basstem: "Zeven paarden voor een wagen. Had ik een stok, ik zou ze jagen..."
Sven zingt mee: "...Had ik een zweep, ik zou ze slaan. Dat ze de hoge berg opgaan."
Met vaste stem zingen ze samen: "Hoge bergen, diepe kuilen. Niemand kan de dood ontschuilen."

Stilte.

"Wat wil dat zeggen, de dood ontschuilen?"
"Dat iedereen ooit zal sterven, denk ik."

90

"Ik. En jij. En mama."
"Iedereen."
"Wie weg is, is al dood."

Stilte.

"Mama is niet weg, Svenneke."
"Ze is wèl weg."
"Niet écht."
"Wèl echt."
"Kom!"
Papa trekt Sven op zijn schoot. Hij slaat zijn armen om hem heen. Maakt schommelende bewegingen.
"Je hoeft niet bang te zijn. Ik laat jou nooit in de steek."
"Nooit?"
"Nooit!"

Even is het stil.
Dan beginnen papa en Sven, als op een afgesproken teken, samen te zingen. "Zeven paarden voor een wagen..." Eerst klinkt het een beetje droevig, daarna haast blij. Zelfs de laatste regels krijgen een vrolijke klank. Nu ben ik niet meer alleen, denkt Sven.
Als ze uitgezongen zijn, wordt het heel stil. Terwijl niemand ziet hoe ze allebei glimlachen, zegt papa: "Svenneke menneke jongske toch."

Leefdaal
Voorjaar 1990

Bronvermelding:

blz. 7: *Het vlot,* Wim Hofman, werd uitgegeven bij
Van Holkema & Warendorf.

blz. 20: Kinderliedje
"Zwarte zwanen, witte zwanen.
Wie wil er mee naar Engeland varen?
Engeland is gesloten.
De sleutel is gebroken.
Vette kapoen, wat doe je hier?
Ik bak mijn brood en brouw mijn bier.
Zeven paarden voor een wagen.
Had ik een stok, ik zou ze jagen.
Had ik een zweep, ik zou ze slaan.
Dat ze de hoge berg opgaan.
Hoge bergen, diepe kuilen.
Niemand kan de dood ontschuilen.
Als hij komt, dan komt hij snel.
Wacht je voor de zonde wel."

Uit: *Poëziebrevier,* samenstellers
W. van Beusekom en J.van Staveren.
Uitgeverij Fontein. 1981. Pag. 348,349.

blz. 23: De gegevens over de Bokkerijders
komen uit *Het Zwarte Gild der
Bokkerijders,* Jaak Venken,
Boek bvba, Zonhoven, 1989.

blz. 61: "Wann ich schon schwarz bin..."
Uit *Van Rosen ein Krentzelein,* Alte
Deutsche Volkslieder, Karl Robert
Langewiesche Verlag, Düsseldorf.

Van Jaak Dreesen verscheen bij Altiora:

- Bas gaat naar school

- Ik weet zeker dat ik ooit beroemd word!

- Het jongensbed

- De vlieger van opa
  (bekroond met de Boekenleeuw '89)

- Als ik door het venster kijk

- Bas in het bos

- Wij hebben zelf toch vleugels